Lothar J. Seiwert & Dirk Konnertz

# Zeitmanagement für Kids

## – fit in 30 Minuten



Kids auf der Überholspur

*MEHR ZEIT FÜR DAS, WAS SPASS MACHT*

Die Deutsche Bibliothek - CIP-Einheitsaufnahme

Ein Titeldatensatz für diese Publikation ist bei
Der Deutschen Bibliothek erhältlich

Herausgeber: Das LernTeam, Marburg
Redaktion: Astrid Hansel, Frankfurt/Main
Layout, Illustrationen: Ulf Marckwort, Kassel
Layout, Satz: Frank Werner, Kassel
Druck und Verarbeitung: Salzland Druck, Staßfurt



2. Auflage 2002



Hinweis:
Dieses Buch ist sorgfältig erarbeitet worden. Dennoch erfolgen alle Angaben ohne Gewähr. Weder Autoren noch Verlag können für eventuelle Nachteile oder Schäden, die aus den im Buch gemachten Hinweisen resultieren, eine Haftung übernehmen.

Printed in Germany

www.gabal-verlag.de
info@gabal-verlag.de

ISBN 3-89749-046-3

# In 30 Minuten auf die Überholspur!

Dieses Büchlein ist so konzipiert worden, dass du nach kurzer Lesedauer erfährst, wie du mit deiner Zeit erfolgreich umgehen kannst, um ein „Meister deiner Zeit" zu werden.

- Jedes Kapitel beginnt mit drei zentralen Fragen, die im Verlauf des jeweiligen Kapitels beantwortet werden.
- Nach jedem Kapitel werden die wichtigsten Inhalte noch einmal zusammengefasst.
- Zum Schluss laden wir dich ein, unsere „Erfolgsleiter" hinaufzuklettern. Du findest sie auf den Seiten 56 bis 58.

Da dieses kleine Handbuch so klar und deutlich strukturiert ist, kannst du es immer wieder zur Hand nehmen, um schnell die für dich interessanten Teile zu wiederholen. Das Stichwortregister auf Seite 61 soll dir dabei eine zusätzliche Hilfe sein.

# Inhalt

# Hallo und herzlich willkommen!

*„Die Zeit ist wie der Wind.*
*Richtig genutzt, bringt sie dich an jedes Ziel!“*

Mit unserem Buch *„Zeitmanagement für Kids – fit in 30 Minuten“* wollen wir dir zeigen, wie du deine Zeit in Zukunft sinnvoll nutzen kannst.

Zeitmanagement ist nicht nur für Erwachsene zu einem sehr heißen Thema geworden. Auch die Zeitpläne von Schülerinnen und Schülern sind neben dem Unterricht immer voller geworden durch unzählige Aktivitäten.

**Hast du genügend Zeit?**

Vielleicht gehörst du ja auch zu denen, die „Opfer“ ihrer Zeitdiebe geworden sind, die sich in ihrem Chaos nicht mehr zurechtfinden und ständig stöhnen, dass sie keine Zeit haben. Dann kommen unsere Tipps und Hilfestellungen gerade zur richtigen Zeit. Aber auch gute Zeitplaner finden hier sicher noch interessante Ideen und Anregungen, um ihre Zeit noch besser zu nutzen.

Die folgenden Tipps und Anregungen sollen dir also helfen, deine Zeit erfolgreich in den Griff zu bekommen, damit du in Zukunft mehr Zeit hast für die wirklich wichtigen Dinge des Lebens.

Wir starten mit einem kleinen Eingangs-Check, mit dessen Hilfe du ermitteln kannst, wie weit du bereits ein „Meister" deiner Zeit bist.

- In *Kapitel 1* folgen einige Ideen und Anregungen, wie du deine Zeit sinnvoll, erfolgreich und mit Spaß nutzen kannst. Wir zeigen dir, was du unternehmen kannst, um deine persönlichen Zeitdiebe zu besiegen, und stellen dir das Flow-Konzept vor.
- Wie wichtig es ist, Ziele zu haben und zu planen, erläutern wir in *Kapitel 2*. Dort erhältst du Tipps zur Zukunftsgestaltung und erfährst, wie du deine persönlichen Ziele finden, formulieren und planen kannst.
- Die Grundlagen für ein erfolgreiches Zeitmanagement lernst du in *Kapitel 3* kennen. Dort geht es auch um den optimalen Start in den Tag, die Festlegung von Prioritäten und um Anregungen, die dir helfen, deine Zeit ohne Hektik und Stress souverän zu meistern.
- In *Kapitel 4* zeigen wir dir schließlich, wie eine professionelle Zeitplanung aussieht. Dort findest du auch einen Musterzeitplan, mit dem du in Zukunft deine Zeit erfolgreich planen kannst.

**Viel Spaß und Erfolg wünschen dir**

**Lothar J. Seiwert & Dirk Konnertz**

(www.seiwert.de) (www.lernteam.de)

# Eingangs-Check

Mit diesem Eingangs-Check kannst du herausfinden, ob du bereits ein „Meister deiner Zeit" bist. Beurteile im Folgenden, ob die Aussagen auf dich zutreffen oder nicht. Dazu stehen dir die Noten von 1 bis 6 zur Verfügung. Kannst du einer Aussage voll und ganz zustimmen, dann gib dir eine 1, im umgekehrten Fall eine 6.

**Ich liebe neue Herausforderungen!**

**Ich habe klare und eindeutige schulische Ziele!**

**Ich habe klare und eindeutige private Ziele!**

**Ich kann mich sehr gut auf eine bestimmte Aufgabe konzentrieren!**

**Ich mache niemals mehrere Dinge gleichzeitig!**

**Ich schätze meine Zeit immer realistisch ein!**

**Ich nehme mir nie zu viel auf einmal vor!**

Ich verschiebe niemals wichtige Aufgaben!

Ich bin immer pünktlich!

Ich vergesse niemals wichtige Termine und Aufgaben!

Ich gerate niemals unter Zeitdruck!

Ich kann mich gut entspannen!

ngs-Check

# Auswertung des Eingangs-Checks

Zähle nun deine Punkte zusammen!

**Gesamtpunktzahl:** 33 M 29

**12 bis 24 Punkte:**
Herzlichen Glückwunsch! Du bist bereits ein Meister deiner Zeit. Die meisten der folgenden Tipps wirst du wahrscheinlich bereits bewusst oder unbewusst beherzigen. Trotz alledem wird bestimmt auch Neues für dich dabei sein, das dir hilft, noch professioneller mit deiner Zeit umzugehen.

**25 bis 48 Punkte:**
In einigen Bereichen gehst du bereits gut mit deiner Zeit um, du hast aber mit Sicherheit in vielen Situationen das Gefühl, etwas verändern zu müssen, um deine Zeit besser in den Griff zu bekommen.
Unsere Tipps werden dir auf alle Fälle helfen, noch offene Fragen zu beantworten, damit du in Zukunft zielsicher zum Erfolg gelangst.

**49 bis 72 Punkte:**

Du gehst noch ziemlich chaotisch mit deiner Zeit um. Dieses Buch kommt für dich gerade zur rechten Zeit. Du wirst jedoch schnell erkennen, dass du vieles selbst positiv verändern kannst. Unsere Tipps werden dir helfen, effektiver zu lernen und zu arbeiten, so dass du schneller und stressfreier mit deiner Arbeit fertig wirst und somit mehr Zeit für dich und deine Freizeit hast. Letztendlich wirst du so zufriedener mit dir selbst sein.

***Tipp:***

Wiederhole diesen Check noch einmal in vier Wochen, in drei Monaten und in einem Jahr!

Ergebnis nach vier Wochen:

Ergebnis nach drei Monaten:

Ergebnis nach einem Jahr:

# 1. Carpe diem – nutze den Tag

**Was sind deine Spaßfaktoren oder: Wofür hättest du gern mehr Zeit?**

**Wie kannst du deine Zeitdiebe entlarven und besiegen?**

**Warum beflügeln Flow-Erlebnisse?**

*„Es ist nicht zu wenig Zeit, die wir haben, sondern es ist zu viel Zeit, die wir nicht richtig nutzen.“*
Dieser Satz des alten römischen Philosophen und Dichters *Seneca* bringt es auf den Punkt: Wir Menschen neigen dazu, über *zu wenig Zeit* zu klagen. Viele sagen einfach: „Ich habe keine Zeit!“ Dabei ist dies eine Lüge, denn jeder Mensch besitzt Zeit – 24 Stunden, 1.440 Minuten oder 86.400 Sekunden jeden Tag. Zeit ist wohl das Einzige auf der Welt, das gerecht verteilt ist. Deine Aufgabe besteht nur darin, diese Zeit für dich optimal zu verwenden.
Dies wird in Zukunft aber nicht leichter werden, da wir in einer Zeit leben, in der in immer kürzeren Zeitabständen immer mehr passiert und tagtäglich immer mehr Informationen auf uns Menschen einprasseln. Denke nur einmal daran, wie schnell sich die Computertechnologien weiterentwickeln!

Wenn du an dieser Stelle bereits erkannt hast, dass Zeit etwas sehr Wertvolles ist, dann befindest du dich auf dem richtigen Weg. Den Chinesen ist die Bedeutung von Zeit übrigens bereits bewusst: In China ist die Strafe für Geschwindigkeitsüberschreitung im Straßenverkehr nämlich keine Geldbuße, sondern eine *Zeitbuße*: eine Viertelstunde lang stehen bleiben.
Viele Raser auf deutschen Straßen würde eine solche Strafe sicher mehr ärgern als die übliche Geldbuße.

carpe diem

# Zeitmanagement

## bringt mehr Spaß

Welche fünf Dinge, die du tust, bereiten dir am meisten Freude? Trag diese *Spaßfaktoren* bitte hier ein und schätz die Zeit, die du damit durchschnittlich verbringst!

| **Meine Spaßfaktoren** | **tägliche Zeit** |
| --- | --- |
| Computer spielen | 1 Std. |
| Katze schmusen | 45 Min. |
| w/ Kassetten hören | 1,5 Std. |
| Freunde besuchen | 30 Min. |
| | |

**Das Leben genießen**

Welche sind deine *Spaßfaktoren*? Neue Dinge lernen, mit Freunden etwas unternehmen, ein Spiel spielen, Sport, Lesen, Faulenzen, Schlafen? Jeder Mensch hat andere Spaßfaktoren.

Übrigens: Wenn du in Zukunft deine Zeit erfolgreich nutzen wirst, bedeutet dies nicht, dass du auf deine Spaßfaktoren verzichten musst. Wir versprechen dir sogar für die Zukunft mehr Ruhe und Muße, damit du deine Spaßfaktoren so richtig genießen kannst..

Denn wie sagte schon der Captain des Raumschiffs Enterprise, *Jean-Luc Picard,* im „Treffen der Generationen" zu Nummer 1:
*„Die Zeit ist unser ständiger Begleiter, der uns daran erinnert, dass wir die Gegenwart genießen sollen."*
Lebensfreude und Spaß geben dir zusätzlich Kraft und Energie für schulische und berufliche Leistungen.
Was glaubst du? Womit verbringen Menschen ihre *Lebenszeit*? Eine interessante Statistik verrät es.

**Womit Menschen ihre Lebenszeit verbringen**

Eine Untersuchung ergab, dass wir Menschen im Durchschnitt rund 25 Jahre unseres Lebens mit Schlafen verbringen – das ist zweifelsohne wichtig. Auf Rang 2 folgt Fernsehen (erstaunlich!) mit 8,3 Jahren, gefolgt von Arbeiten (7,5 Jahre), Essen (6 Jahre), Warten und Hausarbeit (je 5 Jahre), Körperpflege (4,1 Jahre), Tagträume (4 Jahre) usw.
Abgeschlagen sind Bücherlesen mit 6,9 Monaten und Sport (sehr bedenklich!) mit 4,4 Monaten – fast überholt von Schlüsselsuchen (3 Monate).
Diese Zahlen spiegeln nicht deinen persönlichen Umgang mit der Zeit wider, da es sich um Durchschnittszahlen handelt. Du siehst aber auch, dass eine solche durchschnittliche Verwendung der Zeit mit Sicherheit zu keinem besonders glücklichen und erfolgreichen Leben führen kann.

## Was ist nun aber sinnvoll?

Wie kannst du die Dinge herausfinden, die *Spaß* machen und zusätzlich auch noch *sinnvoll* sind? Für verschiedene Menschen sind natürlich auch unterschiedliche Dinge sinnvoll.

Kehren wir dazu zurück zu deinen Spaßfaktoren auf Seite 14. Nimm dir nun ein leeres Blatt Papier und einen Stift zur Hand. Finde für jeden Spaßfaktor möglichst viele Gründe, warum er dir Spaß macht.

Diese Übung ist schnell ausgewertet. Alle deine *Spaßfaktoren*, für die du mindestens drei gute Gründe gefunden hast, sind mit Sicherheit auch sinnvolle Tätigkeiten. An diesen Spaßfaktoren solltest du in Zukunft auf jeden Fall festhalten. Überlege aber auch, ob es auf der anderen Seite Dinge gibt, die du in Zukunft lassen könntest, weil sie dir auf Dauer nichts bringen.

## Mehr Spaß durch Erfolge

Jeder Mensch möchte *erfolgreich* sein – in der Schule, im Beruf, im privaten Leben, bei seinen Hobbys ...

Das Wort „Erfolg" hängt mit dem Wort „erfolgen" zusammen, das heißt, Erfolg ist immer die Folge deines Tuns. Nur in den seltensten Fällen fällt der Erfolg buchstäblich vom Himmel.

Fang deshalb heute an, dich auf das zu konzentrieren, was dir deinen *persönlichen Erfolg* bereitet, und sei bereit, dafür deine Zeit zu investieren. Hast du erst einmal deinen „inneren Schweinehund" besiegt, werden dir Dinge Spaß bereiten, die du heute noch ungern machst. Du wirst schnell merken, dass z. B. Lernen und Üben sinnvoll sind, weil sie dich zum Erfolg führen.

Bestimmt kannst du dich an Situationen erinnern, in denen du dich anfangs überwinden musstest, in denen dir das Arbeiten aber letztendlich Spaß bereitet hat. Der Mensch ist nun mal von Natur aus bequem und bedarf eines gewissen Antriebs, um „in die Gänge zu kommen". Jeder erfolgreiche Sportler oder Musiker wird dir dies bestätigen können. Wenn du erst einmal deinen *„Bequemlichkeitsknoten"* zum Platzen gebracht hast, wirst du viel Energie entwickeln, um erfolgreich zu sein. Deshalb entscheide dich jetzt:

- *Möchtest du erfolgreich sein?*
- *Wirst du dabei gegen deinen „inneren Schweinehund" ankämpfen?*
- *Bist du bereit, dafür deine Zeit zu investieren?*

Wir können dir versprechen: Es lohnt sich. Mit dieser Einstellung legst du den Grundstein, um deine Zeit erfolgreich zu meistern – und du wirst obendrein eine Menge Spaß dabei haben.

# Die Zeitdiebe entlarven

Zeitdiebe stehlen dir *kostbare Zeit*, die du für sinnvolle Dinge nutzen könntest. Gerade beim Lernen und Arbeiten schleichen sie sich gerne ein. Solange du sie nicht ausfindig machst und ihnen nichts entgegenstellst, kommen sie immer wieder und rauben unaufhaltsam weiter. Oftmals endet dann ein Lernnachmittag mit dem schlechten Gewissen, zwar viel vorgehabt, aber recht wenig getan zu haben.

## Finde deine persönlichen Zeitdiebe

Mit der Tabelle auf der folgenden Seite kannst du dir einen Überblick über deine ganz *persönlichen Zeitdiebe* verschaffen. Eine Auswahl von Möglichkeiten findest du dort bereits vor. Darunter hast du noch ausreichend Platz, weitere Zeitdiebe einzutragen. Schätz die Zeit ab, die dir dadurch *täglich* verloren geht, und überlege dann, wie viel dieser Zeit du ab sofort für andere sinnvolle Tätigkeiten nutzen willst. (Du musst nicht alle Zeitdiebe sofort oder vollständig besiegen!) Rechne anschließend aus, wie viel Zeit dir jetzt insgesamt für wichtige Dinge zur Verfügung steht, und notiere hier dein Ergebnis:

**Ich habe ab sofort täglich ______ Minuten**

**mehr Zeit für wichtige Dinge!**

| MEINE ZEITDIEBE | STEHLEN MIR TÄGLICH (IN MIN) | VERZICHTEN KANN ICH AUF (IN MIN) |
|---|---|---|
| ÜBERFLÜSSIGES FERNSEHEN | | |
| COMPUTERSPIELE | | |
| UNNÖTIGES TELEFONIEREN | | |
| SUCHEN NACH „UNAUFFINDBAREN" DINGEN | | |
| CHAOSBESEITIGUNG IM ZIMMER | | |
| STÖRUNGEN BEIM LERNEN (ELTERN, GESCHWISTER ETC.) | | |
| | | |
| | | |
| | | |
| | | |
| | | |
| SUMME (IN MIN) | | |

20

## Das Killerprogramm für Zeitdiebe

Entwickle ein *konkretes Programm*, wie du in Zukunft deine Zeitdiebe langfristig besiegen kannst. Schreib konkrete Anweisungen für dich auf, z. B.

- *„Ich stelle für die Woche einen genauen Lernplan auf, den ich kontrolliere und einhalte."*
- *„Ich telefoniere erst, wenn meine Lernzeit beendet ist."*
- *„Ich schalte den Fernseher erst an, wenn ich mit dem Lernen fertig bin."*
- *„Jeden Freitagnachmittag unternehme ich einen Großeinsatz ‚Schöner wohnen' in meinem Zimmer."*
- *„Mit meinen Eltern und Geschwistern vereinbare ich absolute Ruhe während der Lernzeiten."*

Schreib deine Sätze auf ein *großes Blatt Papier*. Am besten platzierst du diesen Zettel an einem für dich sichtbaren Ort. So erinnert er dich täglich an deine Vorhaben.

Denk bitte daran, dass *jede Störung* während des Lernens dazu führt, dass du anschließend jeweils eine *gewisse Anlaufzeit* benötigst, um dich wieder auf deinen Lernstoff zu konzentrieren. So kann es passieren, dass du dich durch Störungen mit einem Lernstoff bis zu 30 Prozent länger beschäftigen musst. Du würdest z. B. für eine Aufgabe, die du konzentriert in 30 Minuten erledigst, dann 40 Minuten benötigen – die Zeit der Störung nicht eingerechnet.

**Tipp:**



Schwirren während des Lernens hin und wieder Gedanken in deinem Kopf, die dich ablenken?

Führ ein *Ideenbuch*, in das du alle deine spontanen Ideen und Gedanken einträgst. So teilst du deinem Unterbewusstsein mit, dass dir diese Gedanken wichtig sind. Hast du sie erst einmal aufgeschrieben, kannst du dich wieder auf deine Arbeit konzentrieren.

Nach dem Lernen widmest du dich dann deinem Ideenbuch.

# Flow – der Weg zum Glück

Der bekannte ungarisch-amerikanische Psychologe *Mihaly Csikszentmihalyi* (gesprochen: Tschik-sent-mihai) hat zusammen mit seinen Studentinnen und Studenten viele Jahre über das *„Geheimnis des Glücks"* geforscht. Er fand in seinen Studien heraus, dass glückliche Menschen viele so genannte „Flow-Erlebnisse" haben.
Flow (engl. *flow* = fließen) entsteht dann, wenn du deine Fähigkeiten vollständig einsetzen musst, um eine Aufgabe zu meistern. Um ein *Flow-Erlebnis* zu haben, solltest du darauf achten, dass die Herausforderung nicht zu groß (sonst entstehen Frust und Angst!), aber auch nicht zu klein (sonst entsteht Langeweile!) ist.
Schaffst du es hingegen, deine Fähigkeiten mit den Herausforderungen in Einklang zu bringen, dann entstehen Flow-Erlebnisse und somit eine Menge *Glücksgefühle*.
Kennzeichen für ein solches Erlebnis sind:

- vollkommene Konzentration,
- innere Motivation und
- Begeisterung.

*Flow-Erlebnisse* kannst du in der Schule, in der Freizeit, mit deiner Familie und deinen Freunden – also in all deinen Lebensbereichen – haben. Das folgende Schaubild soll dir den Weg zum Glück verdeutlichen.

## Zusammenfassung

- Ein Meister der Zeit zu sein heißt nicht, in Zukunft mehr zu tun, sondern *das Richtige zu tun*. Daher musst du dich entscheiden, was für dich wichtig und was für dich eher unwichtig ist.
- Entlarvst du deine *Zeitdiebe*, hast du in Zukunft noch mehr Zeit für wichtige Dinge, die dir Erfolg bringen und Spaß machen.
- Glücklich zu werden ist nicht nur „Glückssache“: Um *glücklich und zufrieden* zu sein, musst du selbst etwas unternehmen, deine Potenziale und Fähigkeiten aufspüren und erfolgreich nutzen.
- *Flow-Erlebnisse* hast du dann, wenn du Herausforderungen meisterst, die deinem Können entsprechen.

# 2. Zielstrebig zum Erfolg

**Was kannst du tun, damit deine Zukunftsträume Wirklichkeit werden?**

**In welchen Bereichen möchtest du erfolgreich sein und wie kannst du das schaffen?**

**Wusstest du, dass dein Erfolg entscheidend von der Formulierung deiner Ziele abhängt?**

Nur etwa 15 Prozent der Menschen behaupten, glücklich zu sein. Dies ergab eine Untersuchung des Flow-Konzept-Erfinders *Mihaly Csikszentmihalyi* (siehe auch Seite 22). Diese Menschen geben die unterschiedlichsten Gründe für ihr persönliches Glück an. Interessant ist aber, dass alle diese „glücklichen Menschen" doch einen gemeinsamen Grund fanden: *„Ich habe Ziele!"*
Die Tatsache, *Ziele* zu haben, behaupten sie, gebe ihrem Leben einen Sinn und mache sie jeden Tag aufs Neue glücklich.

### Ziele motivieren

Es können die unterschiedlichsten Ziele sein, die du verfolgst (schulische, berufliche, private, materielle oder soziale Ziele). Wichtig ist nur, dass du den Willen hast, deine Ziele zu erreichen.
Wenn du *klare Ziele* hast, dann ist die morgendliche Motivation zum Aufstehen mehr, als lediglich in die Schule oder aufs Klo zu müssen. Mit persönlichen Zielen vor Augen freust du dich jeden Morgen auf einen neuen Tag, der dich deinen Zielen ein Stück näher bringt. Ziele – richtig formuliert und geplant – haben immer die Tendenz, Wirklichkeit zu werden.
In diesem Kapitel wollen wir dir zeigen, wie du dir mithilfe einer gekonnten Zielplanung den Weg für deinen ganz persönlichen Erfolg bereitest.

# Gestalte deine Zukunft

Wenn du dein *Leben* selbst in die Hand nimmst und aktiv bestimmst, bist du auch in der Lage, deine *Zukunft* selbst zu gestalten. Wenn du jedoch alles nur auf dich zukommen und andere deinen Weg bestimmen lässt, nimmst du keinen Einfluss auf deine persönliche Zukunft. Du lässt vielleicht viele Chancen aus, ein glückliches Leben zu führen.

**Verliebe dich in deinen Zukunftstraum!**

Hast du dir schon einmal diese Fragen gestellt:

- *„Was ist der größte Wunsch in meinem Leben?"*
- *„Was möchte ich unbedingt erreichen?"*

Von Zukunftsträumen geht eine außergewöhnliche *Energie* aus, die dich beflügelt. Alle Dinge, die dich deinem Traum ein Stück näher bringen, geben deinem Leben einen besonderen Sinn. Denk doch einmal über deinen ganz persönlichen Zukunftstraum nach, in den du dich so richtig verlieben könntest.

Frei nach dem Motto: *„Verträume nicht dein Leben, sondern lebe deine Träume!"*

**Begib dich auf Entdeckungsreise!**

Stell dir das Leben wie eine *Entdeckungsreise* vor. Auf dem Weg gibt es viele Straßen, die in unterschiedliche

Richtungen führen. Nicht jede Abzweigung führt dich zum gewünschten Ziel.
Es ist überhaupt kein Verlust, wenn du einmal eine falsche Abzweigung nehmen bzw. eine falsche Entscheidung treffen solltest. *Jede Station deiner Reise* in die Zukunft bringt dir neue Erfahrungen, die allesamt sehr wertvoll sind. Wichtig ist, dass du offen für neue Dinge bist und flexibel, um eine bereits eingeschlagene Richtung – falls nötig – zu ändern, denn dies sind entscheidende Erfolgsfaktoren in der Zukunft. Nur wer *Fragen* stellt, kann auch die richtigen Antworten finden. Frage daher Freunde, Eltern, Lehrer, Geschwister, Experten etc. Sei wissensdurstig!
Das *Internet* wird sich mehr und mehr zum Informationsmedium der Zukunft entwickeln und kann dir bei der Beantwortung deiner Fragen eine zusätzliche Hilfe sein. Dabei wird es Herausforderung für dich sein, aus der ständig steigenden Menge an Informationen die für dich wichtigen herauszufiltern.

**Vertraue dir und deinen Stärken!**

Selbstvertrauen – das Vertrauen in deine Person und deine *Stärken* – ist ein wichtiger Faktor für Erfolg in der Zukunft. Konzentriere dich also auf deine Stärken und arbeite an den *Fähigkeiten*, die du in Zukunft noch entwickeln bzw. weiterentwickeln willst. Wenn du an deinem Selbstbewusstsein arbeiten möchtest, empfehlen wir dir unser Buch *„Selbstbewusstsein – fit in 30 Minuten"*.

# Deine persönlichen Erfolgswünsche

Der ehemalige amerikanische Präsident *Abraham Lincoln* sagte einmal:
*„Wer im Leben kein Ziel hat, der verläuft sich.“*
Wenn du weißt, was du erreichen möchtest, dann kannst du auch deine Qualitäten zielgerichtet einsetzen.
Damit du dir über deine *persönlichen Erfolgswünsche* klar werden kannst, schlagen wir dir folgende Taktik vor.

**Schritt 1: Fertige Wunschlisten an!**

Fertige zwei Listen mit deinen Wünschen an. Auf der ersten Liste notierst du deine *privaten*, auf der zweiten deine *schulischen Wünsche*. Nimm dir dazu ausreichend Zeit und beantworte dabei folgende Fragen:
Welche Erfolge wünsche ich mir im *schulischen Bereich*?
Welche Erfolge wünsche ich mir im *privaten Bereich*?
z. B.:

- *„Ich wünsche mir einen Notendurchschnitt von 2,5 im Schuljahreszeugnis!“*
- *„Ich wünsche mir eine 2 in Englisch!“*
- *„Ich möchte mit meiner Schulband den Bandwettbewerb gewinnen!“*
- *„Ich möchte Torschützenkönig werden!“*

Lass deinen Wünschen freien Lauf.

### Schritt 2: Wähle die TOP 3 deiner Wünsche!

Nach einer Pause schaust du dir deine *beiden Listen* an und wählst für jede Liste (schulisch und privat) die *TOP 3* deiner Wünsche.
Für diese Wünsche bist du nun bereit, deine Zeit und Energie einzusetzen und eventuell auf andere, weniger wichtige Dinge zu verzichten.

### Schritt 3: Stelle dir deinen Erfolg vor!

Wenn du dir vor deinem inneren Auge genau vorstellen kannst, wie es ist, wenn dein *Wunsch in Erfüllung* geht, dann hast du bereits dein *Ziel* sicher im Visier.
Stell dir nun genau vor, wie es ist, wenn deine Wünsche in Erfüllung gegangen sind. Genieße schon einmal das *Gefühl des Erfolgs*. Das macht übrigens jeder Spitzensportler vor einem entscheidenden Wettkampf. Bevor z. B. ein Skiläufer losfährt, ist er in Gedanken schon als Sieger im Ziel.
Mit diesem Vorgehen programmierst du dein *Unterbewusstsein* bereits auf Erfolg. Ohne dass du es merkst, hilft dir dein Unterbewusstsein bei der Zielerreichung. Du wirst schnell merken, dass dir deine Ziele Flügel verleihen.
Im nächsten Schritt geht es darum, deine *Wünsche als Ziele* zu formulieren, die dann genau geplant werden können.

# Ziele formulieren und planen

Dein *Erfolg* hängt entscheidend von der Formulierung deiner *persönlichen Ziele* ab. Folgendes solltest du daher beachten, wenn du deine Ziele aufschreibst:

**Formuliere ein realistisches Ziel!**
Frage dich bei der Formulierung deines Ziels, ob es *realistisch* gewählt ist. Bist du in der Lage, das Ziel mit eigenen Kräften zu erreichen? Denk daran, dass auch eine kleine Verbesserung (in einem Fach z. B. um eine Note) bereits ein großer Erfolg sein kann.

**Formuliere dein Ziel persönlich!**
Da es sich um dein Ziel handelt, beginn auch deinen Satz mit *„Ich…“*. So signalisierst du dir, dass es dein *persönlicher Wunsch* (und nicht der deiner Eltern oder Lehrer) ist, das Ziel zu erreichen.

**Formuliere dein Ziel in der Gegenwart!**
Formulierungen wie z. B. „Ich werde…“, „Ich könnte…“ oder „Ich sollte…“ sind äußerst unsicher. Formulierst du hingegen in der *Gegenwart* und nicht in der Zukunft oder im Konjunktiv, dann hast du dein Ziel bereits genau vor Augen. Eine solche Formulierung wäre z. B.: „Ich schreibe in der nächsten Englischarbeit eine 2!“

**Formuliere dein Ziel konkret!**

Achte darauf, dass du *eindeutig* und nicht „wischi-waschi" formulierst. Eine falsche Formulierung wäre z. B. „Ich werde besser im Skateboardfahren", denn damit ist noch überhaupt nicht klar, was dein genaues Ziel ist. Eine richtige Formulierung wäre z. B. „Ich zeige meinen Freunden bis zum Sommer einen 360!"

**Formuliere dein Ziel ohne Einschränkungen!**

Verwende in deiner Formulierung keine einschränkenden Wörter, wie z. B. „manchmal", „vielleicht", „wenn das und das ist". Solche Wörter sind regelrechte *Erfolgskiller*, weil sie deinen „inneren Schweinehund" sofort auf die Matte rufen.

**Formuliere dein Ziel positiv!**

Verwende *keine negativen Wörter* wie z. B. „kein", „nicht", „schlecht" in deiner Formulierung. Negative Wörter wecken negative Gedanken, die du auf dem Weg zu deinem Ziel nicht gebrauchen kannst.

**Formuliere dein Ziel mit einem genauen Zeitpunkt!**

Viele Ziele verpuffen, wenn nicht genau klar ist, bis zu welchem *Zeitpunkt* das Ziel erreicht werden soll. Die Formulierung des Zeitpunktes ist zudem wichtig für die Erfolgskontrolle.

ZIEL: ICH HABE AM SCHULJAHRESENDE EINEN SCHNITT VON MINDESTENS 2,4.

| TEILZIELE UND MASSNAHMEN | BIS WANN? | ERLEDIGT |
|---|---|---|
| ZUSAMMENSTELLEN EINER LERNGRUPPE | SOFORT | |
| LERNKARTEI BESORGEN | SOFORT | |
| ZEITPLANSYSTEM BESORGEN | SOFORT | |
| EINE 2 IN ENGLISCH | 30. NOV. | |
| FREIWILLIGES DEUTSCHREFERAT | ENDE DES JAHRES | |
| HALBJAHRESSCHNITT MINDESTENS 2,6 | ENDE DES HALBJAHRES | |

WEITERE ERFOLGSSTRATEGIEN:

- ICH STELLE JEDEN MONTAG EINEN LERNPLAN FÜR DIE WOCHE AUF.
- ICH ARBEITE MIT EINER TAGESPLANUNG.
  ICH TRAINIERE JEDEN TAG 10 MINUTEN ZUSÄTZLICH ENGLISCH-VOKABELN.
- ICH MELDE MICH IN PHYSIK MINDESTENS VIERMAL PRO STUNDE.
- ICH LERNE JEDEN MITTWOCH (16 BIS 18 UHR) MATHEMATIK UND PHYSIK MIT MEINER LERNGRUPPE.
- ICH FANGE ZWEI WOCHEN VOR JEDER KLASSENARBEIT MIT DEM ÜBEN AN.

## Ziele planen mit der „Salami-Taktik“

Hast du dein Ziel richtig formuliert, dann geht es jetzt an die genaue *Zielplanung*. So wie eine Salami werden auch deine Ziele in *kleinere Scheibchen* zerteilt. Überlege dir daher konkrete Strategien, um deinen Teilzielen und schließlich dem Endziel Stück für Stück entgegenzugehen.
Fertige dazu eine Liste von möglichen Teilzielen, Maßnahmen und Aktivitäten an oder plane mit der *Mind-Map-Methode*, die auf Seite 46 beschrieben wird.
Auf Seite 32 findest du ein Beispiel für eine Zielplanung.

## *Zusammenfassung*

- ***Ziele*** **geben dir jede Menge Energie für ein glückliches und erfolgreiches Leben. Sie sind der Motor deiner ganz persönlichen Motivation.**
- **Nimm dein Leben und deine Zukunft in die Hand. Konzentriere dich dabei auf deine *Stärken* und arbeite an Fähigkeiten, die du weiterentwickeln möchtest.**
- **Mach dir Gedanken, was du wirklich erreichen willst. Sind dir deine *Wünsche* und Ziele erst einmal klar, dann fällt es dir auch leichter, Unwichtiges zu lassen und dich auf Wichtiges zu *konzentrieren*.**
- **Formuliere deine Ziele wirkungsvoll und plane sie nach der *„Salami-Taktik“*. Zerteile deine Ziele in kleinere Etappen und lege Maßnahmen und Aktivitäten fest, damit du deine Ziele sicher erreichst.**

# 3. Souverän mit der Zeit umgehen

**Wie kannst du in weniger Zeit mehr schaffen?**

**Weißt du, zu welchen Zeiten du am leistungsfähigsten bist?**

**Wie verschaffst du dir einen Überblick über deinen „Aufgaben-Wald"?**

Der italienische Nationalökonom *Vilfredo Pareto* fand heraus, dass sich im 19. Jahrhundert 80 Prozent des Besitzes in den Händen von 20 Prozent der Bevölkerung befanden. Dieses als *Pareto-Prinzip* bekannt gewordene Phänomen hat sich bis heute in vielen Lebensbereichen bewahrheitet:

- 20 Prozent der Fußballspieler einer Mannschaft erzielen 80 Prozent der gesamten Tore.
- 20 Prozent der Schüler einer Klasse leisten 80 Prozent der mündlichen Beiträge einer Unterrichtsstunde.
- 20 Prozent der CDs auf dem Musikmarkt bringen 80 Prozent der gesamten Verkaufserlöse.

Dieses Phänomen lässt sich aber auch auf das persönliche Zeitmanagement übertragen:
*20 Prozent der richtig eingesetzten Zeit bringen bereits 80 Prozent des Ergebnisses.*

Dies bedeutet für dich:
**Du kannst mit 20 Prozent deiner Zeit bereits 80 Prozent deiner Erfolge erzielen, wenn du sie richtig einsetzt.**

Wäre es nicht schön, in Zukunft in weniger Lernzeit mehr zu schaffen?
Wie das funktioniert und was dir dabei im Einzelnen helfen kann, erfährst du auf den folgenden Seiten.

Pareto-Prin

## Durchstarten in den Tag

Schon *früh am Morgen* entscheidet sich, ob der anstehende Tag ein glücklicher und erfolgreicher Tag wird.

**Erfolgsstrategie Nr. 1: Be happy & keep smiling!**

*Körper und Geist* bilden eine unauflösliche Einheit. Wenn du z. B. mürrisch dreinschaust und völlig verkrampft sitzt, dann fühlst du dich auch elend. Auf der anderen Seite bist du in der Lage, durch einen freundlichen Gesichtsausdruck und eine offene Körperhaltung deine Stimmung positiv zu verändern. Achte schon zu Beginn des Tages auf deine *Körpersprache*. Je positiver sie ist, umso erfolgreicher wird der Tag verlaufen. Auch andere Menschen reagieren positiver auf einen freundlichen und offenen Menschen.

**Tipp:**

Dies ist eine sehr wirkungsvolle *Übung*, falls du dich einmal schlecht fühlst. Stell dich vor den Spiegel und lächle zwei Minuten ganz extrem – eine regelrechte Lachfratze. Nach der Übung wirst du dich schon wesentlich besser fühlen. Zum einen musst du über dich selbst lachen und zum anderen drückt durch das extreme Hochziehen der Mundwinkel ein Muskel in jeder Wange auf einen bestimmten Nerv, der deinem Gehirn signalisiert, *Glückshormone* auszuschütten – und das hebt deine Stimmung.

## Erfolgsstrategie Nr. 2: Den Tag andenken

Stelle dir jeden Morgen folgende Fragen:

- Was unternehme ich heute, damit dieser Tag ein erfolgreicher und *glücklicher Tag* wird?
- Was unternehme ich heute, das mich meinen *Zielen* näher bringt?
- Welchem Menschen bereite ich heute eine *Freude*?

Somit startest du jeden Tag neu in die richtige Richtung.

## Erfolgsstrategie Nr. 3: Powernahrung

Wenn du dich *richtig ernährst*, kannst du dich besser konzentrieren, fühlst dich besser und bist leistungsfähiger. Dabei kannst du trotzdem lauter Dinge essen, die gut schmecken. Achte darauf, dass du möglichst wenig Fett zu dir nimmst, und verzichte weitestgehend auf Süßigkeiten und süße Getränke. Power verleihen dir Vitamine, Mineralstoffe und Spurenelemente. Beherzige folgende Tipps:

- Iss morgens zum Frühstück ein leckeres *Vollkornmüsli*.
- Iss jeden Tag *frisches Obst oder Gemüse* und trinke frisch gepresste Obst- oder Gemüsesäfte.
- Trinke viel *Mineralwasser* oder Apfelsaftschorle.
- Achte darauf, dass du komplexe *Kohlehydrate* (Vollkornbrot, Vollwertnudeln, Naturreis, Kartoffeln) zu dir nimmst.

Die meisten energiearmen und dick machenden Nahrungsmittel, wie z. B. Chips, Pommes, Cola etc. schmecken, weil bestimmte Zusatzstoffe den Appetit darauf ständig anregen. Zucker wirkt ebenfallls wie eine Droge. Stell deine Nahrungsgewohnheiten auf *Gesundes* um, und es wird dir schmecken.

### Erfolgsstrategie Nr. 4: Laufen ohne zu schnaufen

Steigerst du deine *körperliche Ausdauerleistung*, dann wirst du auch beim Lernen und Arbeiten ausdauernder. Du schaffst dann beim Lernen in weniger Zeit mehr. Wenn du z. B. regelmäßig langsam joggst, ohne dich dabei zu verausgaben, dann kannst du dich auch beim Lernen länger konzentrieren.

Probier es doch einfach einmal aus:

Lauf ab morgen jeden Tag eine halbe Stunde in einem Tempo, bei dem du nicht außer Atem kommst. Vielleicht findest du ja einen Freund oder eine Freundin, die mit dir läuft. Wenn ihr euch während des Laufens noch problemlos unterhalten könnt, habt ihr die richtige Geschwindigkeit. Bei diesem langsamen Tempo nimmt dein Körper *mehr Sauerstoff* auf, als deine Organe zum bloßen Funktionieren benötigen. Dieser Sauerstoff landet direkt in deinem *Gehirn* und macht deinen *Kopf freier* – du wirst leistungsfähiger und kreativer. Ähnlich funktioniert dies auch beim Radfahren, Skaten, Schwimmen, Skilanglauf …

## Erfolgsstrategie Nr. 5: Alles zu seiner Zeit

Jeder Mensch hat zu bestimmten Tageszeiten ein Leistungshoch und zu anderen ein Leistungstief. Dies liegt am individuellen *Tagesrhythmus*. Im Durchschnitt sieht die Tagesleistungskurve von Menschen so aus:

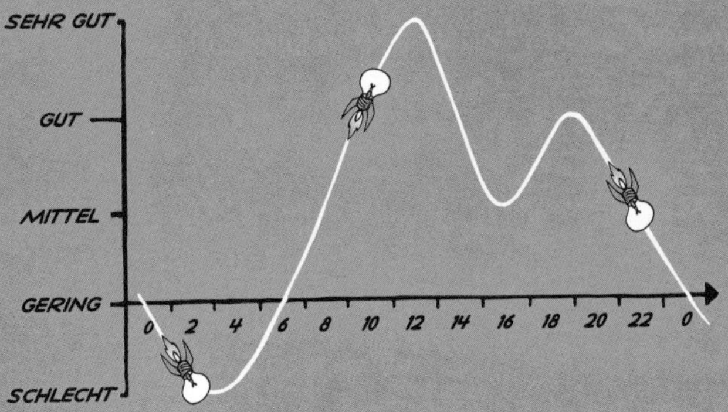


Überlege, zu welchen Zeiten du am leistungsfähigsten bist und am besten lernen kannst. Wenn du das nicht auf Anhieb sagen kannst, beobachte dich selbst in den nächsten Tagen. Lerne zu unterschiedlichen Zeiten und achte darauf, wann es am besten klappt.

Erledige deine *wichtigen Aufgaben* in Zukunft immer dann, wenn deine *Leistungskurve oben* ist. Dann schaffst du in weniger Zeit mehr.

# Kampf dem Chaos

## mehr Zeit für wichtige Dinge

Geht es dir auch so wie vielen Menschen, die in ihrem *„Aufgaben-Wald“* die Bäume – sprich die einzelnen Aufgaben – nicht mehr sehen? Solche Menschen sind nicht mehr in der Lage, *Wichtiges von Unwichtigem* zu unterscheiden und sich auf das Wesentliche zu konzentrieren. Einen genauen Überblick über deinen „Aufgaben-Wald“ gewinnst du, indem du deine Aufgaben unterschiedlich gewichtest.

### Priorität A: Besonders wichtige Aufgaben

*A-Aufgaben* sind die momentan wichtigsten Aufgaben. Zum einen sind es solche, die du bis zum nächsten Tag auf alle Fälle erledigen musst, zum anderen die Aufgaben, die dich deinen Zielen näher bringen.

### Priorität B: Durchschnittlich wichtige Aufgaben

*B-Aufgaben* folgen in ihrer Wichtigkeit den A-Aufgaben, müssen aber nicht unbedingt am gleichen Tag erledigt werden.

### Priorität C: Eher unwichtige Aufgaben

*C-Aufgaben* haben noch Zeit und werden erst in einigen Tagen zu B- oder A-Aufgaben. Es gibt aber auch C-Aufgaben, die sich nach genauer Betrachtung als völlig unwichtig herausstellen und überhaupt nicht erledigt werden müssen.

**Tipp:**

Fertige einmal eine *Liste* von den Dingen an, die du morgen zu erledigen hast. Unterteile in *private und schulische Aufgaben*. Leg dann fest, welche Dinge wichtig und welche eher unwichtig sind. Versieh sie mit den Prioritätenstufen A, B und C. Überlege dann, wann du welche Aufgaben erledigen wirst.

| AUFGABEN SCHULE: | PRIORITÄT: |
| --- | --- |
| HAUSAUFGABEN MATHEMATIK | B |
| HAUSAUFGABEN DEUTSCH | A |
| HAUSAUFGABEN BIOLOGIE | A |
| LERNEN FÜR ENGLISCHARBEIT | A |
| LERNEN FÜR GESCHICHTE | C |
| NEUE SCHULTASCHE KAUFEN | B |
| AUFGABEN PRIVAT: | |
| GESCHENK FÜR BERND KAUFEN | A |
| LENA ANRUFEN | B |
| 30 MINUTEN JOGGEN | A |
| RASEN MÄHEN | C |

Konzentriere dich in erster Linie auf deine *A-Aufgaben*, denn die werden dir nach dem *Pareto-Prinzip* in 20 Prozent deiner Zeit 80 Prozent deiner Erfolge bescheren.

# Die Leichtigkeit des Seins

Die meisten Menschen glauben, nur dann erfolgreich sein zu können, wenn sie viele Dinge auch *schnell* erledigen. Sie laufen ihrer Zeit *hektisch* hinterher. Weil sie glauben, so viel zu tun zu haben, machen sie sogar mehrere Dinge gleichzeitig, sind aber immer weniger in der Lage, sich auf eine bestimmte Aufgabe richtig zu konzentrieren. Weil immer mehr Menschen so leben, werden immer mehr Menschen *krank durch Stress*.

## Erfolg durch Gelassenheit und Konzentration

Wenn du aber Aufgaben in *Ruhe und Gelassenheit* erledigst, bist du konzentrierter, und im Endeffekt arbeitest du auch schneller.

Für den Fall, dass du von der allgemeinen Hektik angesteckt wirst, empfehlen wir dir folgende *Atemübung*:

Such dir einen ruhigen Platz, an dem du dich setzen oder legen kannst. Konzentriere dich nur auf deine Atmung. Atme durch die Nase langsam und tief ein und zähle dabei in Gedanken 1, 2, 3, 4, 5. Halt die Luft an und zähle dabei weiter 6, 7. Atme dann durch den Mund wieder aus, während du in Gedanken 6, 5, 4, 3, 2, 1 zählst. Nach einer kurzen Pause wiederholst du die Übung. Schon nach *zehn tiefen Atemzügen* fühlst du dich wieder ruhig und gelassen, um dich auf deine Aufgaben konzentrieren zu können.

### Traumreisen unternehmen

Eine gute Möglichkeit, um neue Energie für die Bewältigung schulischer und privater Energien zu sammeln, sind *gedankliche Traumreisen*. Leg dich dazu an einen gemütlichen Ort und begib dich gedanklich an einen ruhigen Ort, an dem du dich besonders wohl fühlst. Dies kann z. B. ein schöner weißer Strand, eine Waldlichtung, aber auch ein Fantasieort, wie z. B. eine Stadt im Meer oder ein Planet, sein. Nimm dir die Zeit, *täglich* eine solche Traumreise zu unternehmen. Leg dazu eine ruhige Musik auf.

### *Zusammenfassung*

- **Mit der richtigen *Einstellung*, der gedanklichen Vorbereitung des Tages, der richtigen *Ernährung* und *Bewegung* sowie der Berücksichtigung deiner persönlichen *Tagesleistungskurve* schaffst du beste Voraussetzungen, damit dein Tag gelingt.**
- **Durch das Setzen von *Prioritäten* bringst du Ordnung in deinen „Aufgaben-Wald" und kannst dich auf das Wesentliche konzentrieren – auf die Dinge, die dich deinen schulischen und privaten Erfolgen näher bringen.**

- **Wenn du dies schaffst, dann bist du in Lage, *gelassen* in die *Zukunft* zu blicken und ein *„Meister deiner Zeit"* zu werden. Du wirst so mit viel Übersicht in weniger Zeit mehr erreichen.**

# 4. So wird's gemacht

## Planen wie ein Profi

**Kennst du die Mind-Map-Methode?**

**Was solltest du bei deiner Tagesplanung beachten?**

**Wie kannst du ein „Meister deiner Zeit" werden?**

Nun ist es soweit: Du kannst durchstarten mit deinem *Profi-Zeitmanagement*.
Wie du mittlerweile weißt, beginnt jedes Zeitmanagement mit der Festlegung der *persönlichen Ziele* (siehe Seite 28). Die geplanten Maßnahmen und Aktivitäten zur Erreichung deiner Ziele spiegeln sich schließlich in deiner *Tagesplanung* wider. Mit einem *Erfolgstagebuch* verschaffst du dir zusätzlich einen täglichen Überblick über deine Wünsche und Ziele. Als eine Hilfe zur Planung legen wir dir die *Mind-Map-Technik* ans Herz. Sie ist eine hervorragende Methode, die sowohl die Fähigkeiten deiner linken logischen Gehirnhälfte als auch deiner rechten fantasievollen Gehirnhälfte einbezieht.

**Planen mit Mind Maps**

Diese Methode eignet sich übrigens für alle Planungen, z. B. für eine Ideensammlung, für das Erstellen eines Erinnerungszettels, für die Planung eines Aufsatzes, für die Vorbereitung eines Referates oder für das Schreiben eines Spickzettels.
Auf den kommenden beiden Seiten stellen wir dir die Technik des Mind Mapping vor. Dort findest du auch ein Planungsbeispiel. Sollten dich diese und weitere Arbeitstechniken näher interessieren, empfehlen wir dir unser Buch *„Lernspaß – fit in 30 Minuten"* und die Software *„eMindMaps"* (siehe Hinweis Seite 60).

Mind Maps

# Planen mit der Mind-Map-Technik

Mit *Mind Maps* (Ideenkarten) verschaffst du dir einen optimalen Überblick über die zu planenden Dinge. Mind Maps können ständig mit neuen Ideen ergänzt und erweitert werden. Daher gilt diese Technik als beliebteste Methode zum *Ideensammeln* und *Planen*. Sie funktioniert so:

- Schreib das *Thema*, mit dem du dich beschäftigen möchtest bzw. zu dem du dir Gedanken machen möchtest, *in die Mitte* eines großen weißen Papiers – verwende möglichst eines ohne Linien und Kästchen.
- Von der Mitte ausgehend zeichnest du für jeden Hauptpunkt einen eigenen *Ast*. Unterpunkte fügst du als Seitenäste hinzu.
- Verwende *Schlüsselwörter* zur Bezeichnung der Haupt- und Seitenäste und nur wenige Stichwörter anstelle inhaltlicher Ausführungen.
- Veranschauliche deine Ideen zusätzlich mit *farbigen Markierungen* und *Symbolen*. Du kannst auch Pfeile zwischen den einzelnen Ästen machen, um Zusammenhänge hervorzuheben.
- Wenn du eine Ideenkarte fertig gestellt hast, solltest du sie dir bildlich einprägen. Versuche, sie als Ganzes mit deinen Augen *„abzufotografieren"* und somit in deinem Gedächtnis zu speichern.

Diese Technik wird übrigens gerade im Managementbereich zur Ideensammlung und Planung erfolgreich eingesetzt. Im Folgenden findest du eine *Mind Map als Beispiel*.

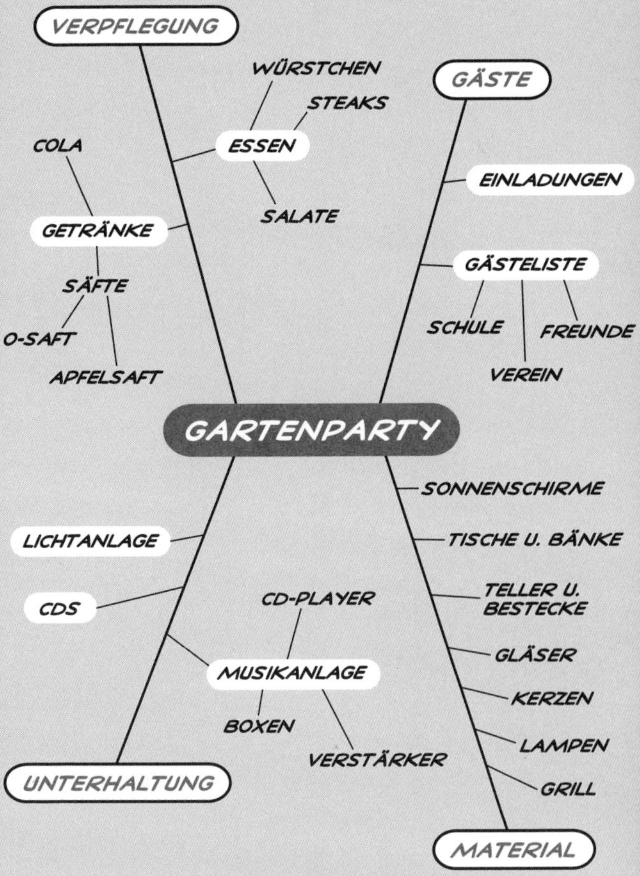


PLANUNG EINER GARTENPARTY

# So planst du deinen Tag

Ein professionelles Zeitmanagement beinhaltet immer auch eine *Planung des Tages*. Hier werden deine Ziele in den kleinsten Etappen umgesetzt. So kannst du deinen Tag optimal gestalten:

## Termine

In dieser Rubrik trägst du *feste Termine* für den jeweiligen Tag ein. Dazu zählen z. B. Unterricht, deine persönliche Lernzeit, Freizeitaktivitäten, Verabredungen etc. Mache die *Dauer* deiner Termine kenntlich.

## Hausaufgaben

Hier trägst du alle Hausaufgaben ein, die du *am aktuellen Tag* aufbekommen hast. Versehe jede Aufgabe mit der *Priorität A, B oder C*.

- *Priorität A:* Diese Aufgabe musst du *unbedingt am gleichen Tag* erledigen.
- *Priorität B:* Diese Aufgabe ist wichtig, muss aber nicht unbedingt am gleichen Tag erledigt werden. Du nimmst sie dir vor, wenn die A-Aufgaben erledigt sind.
- *Priorität C:* Diese Aufgabe hat noch Zeit und wird in den nächsten Tagen zu einer B- bzw. A-Aufgabe.

In der rechten Spalte hakst du *erledigte Aufgaben* ab. Solltest du eine hier eingetragene Aufgabe auf einen anderen

Tag übertragen, dann mache dies mit einem Zeichen kenntlich.

### Zusätzliches Lernen

In dieser Rubrik kannst du dein *zusätzliches Lernpensum* notieren, um dich z. B. auf eine Klassenarbeit vorzubereiten, um Lernstoff zu wiederholen, Wissenslücken zu schließen etc.

### Private Planungen

Trage hier deine *privaten Aufgaben* ein. Hake die erledigten Sachen ab und übertrage Unerledigtes auf einen anderen Tag.

### Das Launometer des Tages

Es ist sinnvoll, am Ende eines Tages ein *Resümee* zu ziehen. Entscheide, wie dein Tag schulisch und privat gelaufen ist.

Auf den Seiten 50 und 51 findest du als Beispiel einen *ausgefüllten Tagesplan*.

***Tipp:***

Kopiere dir den unausgefüllten Tagesplan auf den Seiten 52 und 53 oder fordere kostenlose und unverbindliche Informationen über unseren *Schüler-Timer* an:
Das LernTeam, Frankfurter Straße 42, 35037 Marburg
Fon: (0 64 21) 1 69 69 - 0, Fax: (0 64 21) 1 69 69 29
Internet: www.lernteam.de, e-mail: info@lernteam.de

# Tagesplan

| TAG | MONTAG, 14. NOVEMBER | |
|---|---|---|
| ZEIT | | OK |
| | | |
| 7.00 | | |
| 8.00 | SCHULE | |
| 9.00 | | |
| 10.00 | | |
| 11.00 | | |
| 12.00 | | |
| 13.00 | | |
| 14.00 | JOGGEN | ✗ |
| 15.00 | | |
| 16.00 | HAUSAUFGABEN | ✗ |
| 17.00 | | |
| 18.00 | | |
| 19.00 | ZUSÄTZLICHES LERNEN | ✗ |
| 20.00 | | |
| 21.00 | KINO | ✗ |
| 22.00 | | |
| | | |

## Tagesplan



| TAG | MONTAG, 14. NOVEMBER | |
|---|---|---|
| PRIORITÄT | | OK |
| | HAUSAUFGABEN | |
| A | ENGLISCH: VOKABELHEFT | ✗ |
| A | MATHE: AUFGABEN S. 86, 2A-G | ✗ |
| A | DEUTSCH: TEXT S. 24-26 LESEN | ✗ |
| B | GESCHICHTE: TEXTE FÜR REFERAT | |
| C | BIOLOGIE: MAPPE ORDNEN | |
| | ZUSÄTZLICHES LERNEN | |
| A | ENGLISCH: GRAMMATIK S. 16-18 | ✗ |
| | PRIVATE PLANUNGEN | |
| A | TOM ANRUFEN | ✗ |
| A | ISDN-KARTE BESTELLEN | ✗ |
| B | GESCHENK FÜR SANDRA | |
| | | |
| | | |
| | | |

LAUNOMETER

SCHULISCH 1 ✗(2) 3 4 5

PRIVAT ✗(1) 2 3 4 5

# Tagesplan

| TAG | | |
|---|---|---|
| ZEIT | | OK |
| | | |
| | | |
| | | |
| | | |
| | | |
| | | |
| | | |
| | | |
| | | |
| | | |
| | | |
| | | |
| | | |
| | | |
| | | |
| | | |
| | | |

# Tagesplan



| TAG | | |
|---|---|---|
| PRIORITÄT | | OK |
| | | |
| | | |
| | | |
| | | |
| | | |
| | | |
| | | |
| | | |
| | | |
| | | |
| | | |
| | | |
| | | |
| | | |
| | | |

LAUNOMETER

SCHULISCH 1 2 3 4 5

PRIVAT 1 2 3 4 5

# Führe ein Erfolgstagebuch

Mit deinem Erfolgstagebuch verschaffst du dir einen Überblick über deine *persönlichen Ziele und Erfolge*. Das macht nicht nur Spaß, sondern spornt dich auch zu weiteren Höchstleistungen an. Teile dieses Buch in *drei Teile* ein:

**1. Meine schulischen und privaten Ziele**

Auf der ersten Seite deines Erfolgstagebuchs trägst du deine *Ziele für das laufende Jahr* ein.

**2. Mein Tag**

Beantworte dir an dieser Stelle *jeden Tag* folgende Fragen:

- Was habe ich heute unternommen, um meine Ziele zu erreichen?
- Was habe ich heute gut gemacht?
- Was von dem, das ich heute getan habe, mache ich demnächst anders (und wie)?
- Was habe ich heute Neues gelernt?
- Welcher Mensch hat mich heute begeistert (und warum)?
- Was hat mir heute besonders Spaß gemacht (und warum)?
- Welchem Menschen habe ich eine Freude bereitet?
- Um welchen Menschen habe ich mich heute gekümmert?
- Was nehme ich mir morgen vor?

Nimm dir am Ende eines jeden Tages Zeit, in dein *Tagebuch* zu schreiben. Es müssen keine Romane sein, *kurze schriftliche Gedanken* reichen vollkommen aus. Du musst auch nicht jeden Tag zu allen Fragen eine Antwort finden. Nach einiger Zeit wird dieses persönliche Buch einen festen Platz in deinem Leben haben und dir *viel Spaß* bereiten.

### 3. Meine Ideenbank

Hier schreibst du alle *Ideen* auf, die dir *spontan einfallen*. So gehen sie dir nicht verloren und können dir vielleicht zu einem späteren Zeitpunkt eine Hilfe sein.

## *Zusammenfassung*

- **Deine persönlichen *schulischen und privaten Ziele* sind der Ausgangspunkt für die Planung deiner Zeit. Alle Maßnahmen und Aktivitäten zur Erreichung dieser Ziele sind besonders wichtig. Für sie setzt du einen entsprechenden Teil deiner Zeit ein.**
- **Planen kannst du optimal mit der *Mind-Map-Technik*. Mit dieser Methode verschaffst du dir einen Überblick über deine Ideen und Maßnahmen.**

- **Geplante Maßnahmen und Aktivitäten überträgst du schließlich in deine *Tagesplanung*.**
- **Um immer auf *Zielkurs* zu bleiben, empfehlen wir dir das Führen eines *Erfolgstagebuches*. Somit hast du deine Ziele und Erfolge ständig im Blick.**

7
6
5
4
3
2
1

7

GENIESSE DEIN LEBEN UND DEINE ERFOLGE.

6

PLANE JEDEN TAG. BEHALTE TÄGLICH DEN ÜBERBLICK ÜBER DEINE ZIELE, TERMINE UND AUFGABEN.

5

KONZENTRIERE DICH AUF DIE WICHTIGEN DINGE. SETZE DEINE ENERGIE VOR ALLEM DA EIN, WO SIE DIR ERFOLGE BESCHERT.

4

CARPE DIEM. BESIEGE DEINE ZEITDIEBE UND NUTZE DEINE ZEIT SINNVOLL.

3

PLANE DEINE ZIELE. LEGE FEST, WAS DU KONKRET UNTERNEHMEN WIRST, UM DEINE WÜNSCHE UND ZIELE ZU VERWIRKLICHEN.

2

SUCHE DIR IMMER NEUE HERAUSFORDERUNGEN, DIE DU MEISTERN KANNST. SEI AKTIV UND KREATIV – SO HAST DU VIELE FLOW-ERLEBNISSE.

1

ENTWICKLE DEINEN GANZ PERSÖNLICHEN ZUKUNFTS-TRAUM. LERNE DIE AUSSERGEWÖHNLICHE ENERGIE KENNEN, DIE VON TRÄUMEN UND VISIONEN AUSGEHT.

# Die Leiter zum Erfolg

Zum Abschluss dieses Buches, das dir hoffentlich eine Menge Ideen und Eindrücke vermittelt hat, wollen wir dir unsere *Erfolgsleiter* vorstellen. Du findest sie auf den Seiten 56 und 57. Jede Sprosse bietet dir einen Tipp, dessen Umsetzung dich deinen persönlichen Erfolgen Stück für Stück näher bringt.

Erklimme die Leiter – und du hast in Zukunft alle Zeit der Welt, um deine Wünsche zu verwirklichen und deine Erfolge zu genießen. Du wirst ein *„Meister deiner Zeit“*!

**Viel Spaß dabei wünschen dir**

**und**

**Weiterführende Bücher**

Konnertz, Dirk & Sauer, Christiane: *Abi mit Methode*
Bayreuth: Schmidt Verlag 1998

Konnertz, Dirk & Sauer, Christiane: *Fit für die Zukunft*
Bayreuth: Schmidt Verlag 1999

Liberty, Gene: *Was ist was? Band 22: Die Zeit*
Nürnberg: Tessloff-Verlag 1990

Schmidt, Josef & Wollner, Hilmar: *Zeitsouveränität*
4. Auflage. Bayreuth: Schmidt Verlag 1999

Seiwert, Lothar J.: *Das neue 1x1 des Zeitmanagement*
22. Auflage. Offenbach: GABAL Verlag 2000

Seiwert, Lothar J.: *Mehr Zeit für das Wesentliche*
19. Auflage. Landsberg: Verlag Moderne Industrie 2000
(auch als Hörbuch erhältlich)

Seiwert, Lothar J.: *Selbstmanagement*
9. Auflage. Offenbach: GABAL Verlag 2000

Seiwert, Lothar J.: *Wenn Du es eilig hast, gehe langsam*
6. Auflage. Frankfurt: Campus-Verlag 2000
(auch als Hörbuch erhältlich)

Seiwert, Lothar J. & Gay, Friedbert: *Das 1x1 der Persönlichkeit*
7. Auflage. Offenbach: GABAL Verlag 2000
(auch als Hörbuch erhältlich)

Seiwert, Lothar J. & Kammerer, Doro: *Endlich Zeit für mich! (Zeitmanagement für Frauen)*
2. Auflage. Landsberg: mvg-Verlag 2000

# Empfehlenswerte Produkte

**Zeitplansystem für Schüler**
Schmidt Colleg & Das LernTeam: *CollegTiming-JuniorLine*
Zeitplansystem für Schüler als Tagesplaner mit hochwertigem Lederringbuch.

**CD-ROM**
Das LernTeam: *Zeitmanagement für Kids*
Elektronisches Zeitplanungssystem für Schülerinnen und Schüler ab 9 Jahren.
Marburg: Das LernTeam 1999

**Drehscheibe**
Seiwert, Lothar J.: *Time & Life Management Decoder (mit 4 Drehscheiben)*
Kirchzarten bei Freiburg: VAK Verlag 2000

**Think-Spiel**
Seiwert, Lothar J. & Kramer, Wolfgang: *CHRONOS*
Zeitmanagement-Spiel mit Begleitbuch.
Ravensburg: Ravensburger-Spieleverlag 1999
(www.think-online.de)

**Monatlicher Newsletter (für die Eltern)**
*Der Lothar J. Seiwert-Coaching-Brief*
Professioneller & souveräner arbeiten und leben.
Monatlicher Beratungs- und Trainingsbrief.
München: Aktuell Verlag im Olzog Verlag 2000 ff
(www.coaching-briefe.de)

**Mind Mapping-Software**
*eMindMaps™ (Mind Mapping für die Schule)*
Kreatives Ideenmanagement
Alzenau: Mindjet GmbH
(www.emindmaps.de)

# Stichwortregister

# TIME-MANAGEMENT UND LIFE-LEADERSHIP

**Das neue Zeit- und Lebens-Management in einer beschleunigten Welt.**

## WENN NICHT JETZT, WANN DANN?

Prof. Dr. Lothar J. Seiwert ist „Deutschlands tonangebender Zeitmanagement-Experte" (Focus 1/2000).

Mit Prof. Seiwert und seinem Expertenteam können Sie Ihr Wissen über Time Management und Life-Leadership über die Lektüre dieses Buches hinaus vertiefen. Durch persönliches Training und effizientes Coaching lernen Sie ganz konzentriert, wie Sie mehr Zeit für das Wesentliche finden. Wir informieren Sie gerne. Sprechen Sie unverbindlich mit uns, und lassen Sie sich kostenlose Informationen schicken über:

- ☐ Motivations-Vorträge im Dialog mit Prof. Seiwert in Ihrem Unternehmen oder auf Ihren Tagungen
- ☐ Firmeninterne Time-Management und Life-Leadership-Seminare
- ☐ Öffentliche Time Management-Seminare – Ihr Kompaktwissen für die Umsetzung in der täglichen Praxis
- ☐ Zeitmanagement-Bücher, -Audio, -Video, -Software, -Tests (u.a. Time Mastery), -Think-Spiel

## WENN NICHT SO, WIE DENN?

Nutzen Sie die Zeit! Kopieren Sie einfach diese Seite, und faxen oder schicken Sie uns Ihre Wünsche. Oder rufen Sie uns an.

| | |
|---|---|
| Name | Vorname |
| Firma | Abteilung |
| Straße/Postfach | PLZ/Ort |
| Telefon | Fax |
| e-mail | Homepage |

SEIWERT-INSTITUT GMBH
ADOLF-RAUSCH-STR. 7
D-69124 HEIDELBERG
FON: 0 62 21 / 78 77-0
FAX: 0 62 21 / 78 77 22
E-MAIL: INFO@SEIWERT.DE
INTERNET: WWW.SEIWERT.DE

SEIWERT INSTITUT
TIME-MANAGEMENT UND LIFE-LEADERSHIP

## Kennst du schon die anderen Bücher aus der Reihe „Kids auf der Überholspur“?

GABAL Verlag
Schumannstraße 163 · 63069 Offenbach
Tel.: (0 69) 83 00 66 - 0 · Fax: (0 69) 83 00 66 - 66
E-Mail: info@gabal-verlag.de

Kids auf der Überholspur